//////// Os cantos do homem-sombra ////////////// Hupd'äh ////////////// Patience
na ////////////// Os cantos do homem-sombra ////////
ndo Indígena ////////////// Os cantos do homem-so
leção Mundo Indígena ////////////// Os cantos do ho
//// Coleção Mundo Indígena ////////////// Os cantos
/////////// Coleção Mundo Indígena ////////////// Os
ções ////////////// Coleção Mundo Indígena /////////
edra edições ////////////// Coleção Mundo Indígena

/////////// Hedra edições ////////////// Coleção Mundo Indígena ////////////// Os ca
Ramos ////////////// Hedra edições ////////////// Coleção Mundo Indígena //////////
anilo Paiva Ramos ////////////// Hedra edições ////////////// Coleção Mundo Indíg
Epps e Danilo Paiva Ramos ////////////// Hedra edições ////////////// Coleção Mun
atience Epps e Danilo Paiva Ramos ////////////// Hedra edições ////////////// Cole
///// Patience Epps e Danilo Paiva Ramos ////////////// Hedra edições //////////////
/////////// Patience Epps e Danilo Paiva Ramos ////////////// Hedra edições ///////
äh ////////////// Patience Epps e Danilo Paiva Ramos ////////////// Hedra edições ///
/// Hupd'äh ////////////// Patience Epps e Danilo Paiva Ramos ////////////// Hedra
////////////// Hupd'äh ////////////// Patience Epps e Danilo Paiva Ramos //////////
-sombra ////////////// Hupd'äh ////////////// Patience Epps e Danilo Paiva Ramos //
homem-sombra ////////////// Hupd'äh ////////////// Patience Epps e Danilo Paiva
s cantos do homem-sombra ////////////// Hupd'äh ////////////// Patience Epps e D
///////// Os cantos do homem-sombra ////////////// Hupd'äh ////////////// Patience
na ////////////// Os cantos do homem-sombra ////////////// Hupd'äh ////////////// Pa
ndo Indígena ////////////// Os cantos do homem-sombra ////////////// Hupd'äh ////
leção Mundo Indígena ////////////// Os cantos do homem-sombra ////////////// Hup
//// Coleção Mundo Indígena ////////////// Os cantos do homem-sombra //////////////
/////////// Coleção Mundo Indígena ////////////// Os cantos do homem-sombra ////
ções ////////////// Coleção Mundo Indígena ////////////// Os cantos do homem-som
edra edições ////////////// Coleção Mundo Indígena ////////////// Os cantos do hom
/////////// Hedra edições ////////////// Coleção Mundo Indígena ////////////// Os ca
Ramos ////////////// Hedra edições ////////////// Coleção Mundo Indígena //////////
anilo Paiva Ramos ////////////// Hedra edições ////////////// Coleção Mundo Indíge
Epps e Danilo Paiva Ramos ////////////// Hedra edições ////////////// Coleção Mun
atience Epps e Danilo Paiva Ramos ////////////// Hedra edições ////////////// Coleç
//// Patience Epps e Danilo Paiva Ramos ////////////// Hedra edições ////////////// C
/////////// Patience Epps e Danilo Paiva Ramos ////////////// Hedra edições ///////
ih ////////////// Patience Epps e Danilo Paiva Ramos ////////////// Hedra edições ////
// Hupd'äh ////////////// Patience Epps e Danilo Paiva Ramos ////////////// Hedra
////////////// Hupd'äh ////////////// Patience Epps e Danilo Paiva Ramos //////////
-sombra ////////////// Hupd'äh ////////////// Patience Epps e Danilo Paiva Ramos //
homem-sombra ////////////// Hupd'äh ////////////// Patience Epps e Danilo Paiva
cantos do homem-sombra ////////////// Hupd'äh ////////////// Patience Epps e D
///////// Os cantos do homem-sombra ////////////// Hupd'äh ////////////// Patience
na ////////////// Os cantos do homem-sombra ////////////// Hupd'äh ////////////// Pat
ndo Indígena ////////////// Os cantos do homem-sombra ////////////// Hupd'äh /////
eção Mundo Indígena ////////////// Os cantos do homem-sombra ////////////// Hup
/// Coleção Mundo Indígena ////////////// Os cantos do homem-sombra //////////////
/////////// Coleção Mundo Indígena ////////////// Os cantos do homem-sombra /////
ções ////////////// Coleção Mundo Indígena ////////////// Os cantos do homem-somb
edra edições ////////////// Coleção Mundo Indígena ////////////// Os cantos do hom
/////////// Hedra edições ////////////// Coleção Mundo Indígena ////////////// Os ca
Ramos ////////////// Hedra edições ////////////// Coleção Mundo Indígena //////////
anilo Paiva Ramos ////////////// Hedra edições ////////////// Coleção Mundo Indíge
Epps e Danilo Paiva Ramos ////////////// Hedra edições ////////////// Coleção Mund
atience Epps e Danilo Paiva Ramos ////////////// Hedra edições ////////////// Coleç
//// Patience Epps e Danilo Paiva Ramos ////////////// Hedra edições ////////////// Co

Os cantos do homem-sombra

Batɨ́b' yám pɨnɨ́g

edição brasileira© Hedra 2022
narração Mário Pires e Ponciano Socot
organização Patience Epps e Danilo Paiva Ramos
ilustração© Anita Ekman

coordenação da coleção Luísa Valentini
edição Jorge Sallum
coedição Suzana Salama
assistência editorial Paulo Henrique Pompermaier
revisão Renier Silva
capa Lucas Kroëff

ISBN 978-65-89705-73-4

Grafia atualizada segundo o Acordo Ortográfico da Língua Portuguesa de 1990, em vigor no Brasil desde 2009.

EDITORA HEDRA LTDA.
Av. São Luís, 187, Piso 3, Loja 8 (Galeria Metrópole)
01046–912 São Paulo SP Brasil
Telefone/Fax +55 11 3097 8304
editora@hedra.com.br
www.hedra.com.br

Foi feito o depósito legal.

Os cantos do homem-sombra

Batɨ́b' yám pɨnɨ́g

Mário Pires, da aldeia Yuyu-Dëh, e Ponciano Socot, da aldeia Tat-Dëh (*narração*)

Patience Epps e Danilo Paiva Ramos (*organização*)

Anita Ekman (*ilustração*)

2ª edição

hedra

São Paulo 2022

Os cantos do homem-sombra é a história do encontro de um Hup com um *homem-sombra* chamado Way Naku. Ela faz parte de uma série de histórias dos Hupd'äh — que vivem em aldeias espalhadas pela floresta amazônica, na região do Alto Rio Negro, fronteira entre o Brasil e a Colômbia — sobre a *gente-sombra*. Os *homens* e *mulheres-sombra* são muito perigosos e usam roupas coloridas, além de caçar e fazer mal aos Hup. Uma dessas roupas tem cor de sombra, daí seu nome. A *gente-sombra* causa doenças e pode até matar. Eles comem a carne e o espírito dos humanos. Mas muitos deles são sábios e conhecem cantos, mitos e benzimentos.

Patience Epps é linguista, professora da Universidade do Texas (UT) e trabalha com os Hupd'äh desde 2000.

Danilo Paiva Ramos é antropólogo e professor adjunto do Departamento de Antropologia e Etnologia da Universidade Federal de Alfenas (UNIFAL-MG). Além das pesquisas etnográficas, com ênfase em xamanismo, discurso, performance, vida ritual e territorialidade, é engajado em causas ligadas aos direitos indígenas. Assessora também o povo Hupd'äh para a construção de seus Planos de Gestão Territorial e Ambiental (PGTA-Hup).

Anita Ekman é artista visual, *performer* e ilustradora que trabalha com as artes ameríndias e afro-brasileiras. Como especialista em arte indígena, trabalhou na formação da coleção *Great Masters of Popular Art in Ibero-America*, do Banamex Cultural Fund.

Mundo Indígena reúne materiais produzidos com pensadores de diferentes povos indígenas e pessoas que pesquisam, trabalham ou lutam pela garantia de seus direitos. Os livros foram feitos para serem utilizados pelas comunidades envolvidas na sua produção, e por isso uma parte significativa das obras é bilíngue. Esperamos divulgar a imensa diversidade linguística dos povos indígenas no Brasil, que compreende mais de 150 línguas pertencentes a mais de trinta famílias linguísticas.

Sumário

Apresentação

Os Hupd'äh são um povo indígena que vive em aldeias espalhadas pela floresta Amazônica na região do Alto Rio Negro, no estado do Amazonas, na fronteira com a Colômbia.

A população total é cerca de 1.500 pessoas, que moram em 35 aldeias diferentes. Antigamente, moravam de 15 a 50 pessoas nas aldeias Hupd'äh, mas atualmente as comunidades estão maiores e podem abrigar até 200 pessoas.

Os Hupd'äh costumam caçar com arco e flecha e com zarabatana. Pescam diferentes tipos de peixes nos igarapés, riachos que correm no interior da mata.

As mulheres dedicam-se diariamente às roças de maniva, um tipo de mandioca, mas também ajudam os homens na caça, na pesca e na coleta de frutas.

Quando viajam para visitar parentes em outras aldeias, os Hupd'äh andam por longos caminhos e acampam à beira do igarapés para descansar. Nestas viagens, é comum que, além de encontrarem animais como pacas, tamanduás, antas e cobras, os Hupd'äh encontrem outros tipos de gente, como a *gente-sombra*, *gente-onça* e a *gente-árvore*. Por isso, é preciso ter cuidado e respeitar essas outras gentes, para que elas não façam mal aos viajantes.

A LÍNGUA

A língua hup é a primeira a ser falada pelas crianças Hupd'äh. Esta é uma língua tonal, muito diferente do português. A língua hup é semelhante às línguas dos povos Yuhupdëh, Dâw e Nadëb (Kuyawi) que também vivem em comunidades na região do Alto Rio Negro.

Desde 2001, os professores Hupd'äh começaram a participar de cursos para melhorar as escolas de suas aldeias. Nesses cursos, os professores Hupd'äh tiveram a ajuda de linguistas e antropólogos para descrever sua língua, criar um modo de escrevê-la e compreender os princípios gramaticais.

Escutar as histórias dos anciões, gravá-las, escrevê-las e reproduzi-las permite que crianças e adultos aprendam a ler e escrever na língua hupd'äh.

Também durante o período foi elaborado um dicionário hupd'äh/ português, em parceria com pesquisadores de diferentes universidades, além de cartilhas da língua hup.

Como foi feito este livro

Em 2002, a linguista Patience Epps morou com os Hupd'äh da aldeia de Barreira Alta para fazer uma pesquisa sobre a língua Hup. Um dia, ela pediu para o senhor Mario Andrade Pires, um sábio ancião hup, contar para ela a história dos *cantos do homem-sombra.*

Patience ouviu atentamente a história, gravou-a com seu gravador, escreveu em seu caderno e depois, com a ajuda dos professores hupd'äh, traduziu a narrativa para o português. Ela pediu também para outras pessoas contarem histórias antigas dos Hupd'äh.

Com estas narrativas ela preparou o livro *Hupd'äh nɨh Pɨnɨ̯gd'äh*, ou os *Contos dos Hupd'äh*, que até hoje ajuda os alunos das escolas Hupd'äh a aprenderem a ler e a escrever em sua língua.

A Hedra interessou-se em publicar essas histórias, numa edição bilíngue. O livro *Batɨ̯b Yám Pɨnɨ̯g*, *Os cantos do homem-sombra*, traz a primeira história desse livro maior de contos Hupd'äh, enriquecida pelas belas ilustrações de Anita Ekman. Para preparar o livro, Patience contou com a ajuda do antropólogo Danilo Paiva Ramos, que também morou com os Hupd'äh para fazer sua pesquisa.

O canto *Way Naku*, do homem-sombra, que também fez parte desse livro, foi cantado para o Danilo pelo senhor Ponciano Salustiano Ramos, da aldeia de Tat Dëh, em 2010.

Para ler as palavras hup

Para a grafia em geral dos termos da língua hup, adotou-se como referência o dicionário de língua hup elaborado pelo linguista Henri Ramirez, *A língua dos Hupd'äh do Alto Rio Negro* (Associação Saúde Sem Limites, 2006). Seguindo Ramirez, mantém-se a acentuação das vogais de acordo com a nasalidade — indicada por um *til* — e o tom — indicado por um acento grave agudo ou grave.

O ALFABETO

Ramirez propõe que o alfabeto hup tem 25 letras: *a*, *ä*, *b*, *ç*, *e*, *ë*, *g*, *h*, *i*, *ɨ*, *j*, *k*, *m*, *n*, *o*, *ö*, *p*, *r*, *s*, *t*, *u*, *w*, y e '.[1] Destas, 16 são consoantes, nove são vogais e 11 são consoantes laringalizadas: *b'*, *d'*, *r'*, *j'*, *g'*, *m'*, *n'*, *w'*, *y'*, *s'*, *k'*.

1. Oclusão glotal.

Os cantos do homem-sombra

Os Hupd'äh contam muitas histórias sobre pessoas que, andando pela mata, se encontraram com seres da gente-sombra. Os homens e mulheres-sombra são muito fortes e perigosos. Eles usam várias roupas de cores diferentes para caçar e fazer mal às pessoas hup. Uma dessas roupas tem cor de sombra, daí o seu nome. A gente-sombra causa doenças e pode matar e comer a carne e o espírito das pessoas humanas. Mas muitos deles são sábios, e conhecem cantos, mitos e benzimentos. Esta é a história do encontro de um homem hup com um homem-sombra chamado Way Naku.

No alto de uma árvore de cucura, um homem-sombra chamado Way Naku cantava um *caapivaiá.*

Batɨ̧b' mah yup, Way Naku batɨ̧b' mah yup pö̧h yamah, pɨ̧g tëganah.

Encantado com a música, um homem hup aproximou-se, sentou-se ao pé da árvore e ficou escutando as canções do homem-sombra. O homem hup estava sentado, pescando no igarapé enquanto ouvia a música.

Pɨ̖g tëgan tɨh yam mɨ' mah, hup tɨh mɨ' wɨ' pemeh, tú. Dë̖h máh hõ̖p käk pemep ɨhɨh.

Dizem que o Way Naku ficou cantando e colhendo cucura por muito tempo. O homem-sombra ia de galho em galho cantando e pegando os cachos da fruta. Muitos dos cantos que nós Hupd'äh cantamos nas festas foram cantados pelo Way Naku: o *Canto do Cutia*, o *Canto Grande*, o *Canto do Umarí*, o *Canto da Gente-Sombra.*

Bɨ̦g! mah tih yamah. Sã̦p nowot pɨd, sã̦p nowot pɨd, pɨ̦g tëgët tɨh noh k'ët kötöh, yamap ɨhɨh, batɨ̦b'ih. *Mèt Yam*, *Yam Pög*, *Pej D'áp Yam*, *Batɨ̦b' Yam*, yám nihũ̦' mah tɨ̦ h yamah!

O homem hup ficou lá a noite toda e, depois, o outro dia inteiro. Escutou e prendeu os cantos do homem-sombra.

HIWAG yɨ'ɨy mah, d'ú' tɨh yam d'ö'öp...

QUANDO o sol começou a nascer, o homem hup bateu com o terçado no tronco da árvore de cucura.

HIWAG yɨ’ɨy, wag hiyèt mah tɨh kɨt hik’ëtayah, tɨh te̖gët, pɨ̦ g tëgët.

TAC! Foi o barulhão que fez. Assustado, o Way Naku caiu da árvore. *Pufffff*! Com medo, o homem hup foi embora correndo, bem rápido! *Vrummm*!

TÄK! nomɨ', yuway mah tɨh kädhiayah. *Pë'*! Yuway mah húp to'oh kädham yɨ'ayah! *Mmmm'*!

ENTÃO, o Way Naku viu um jacaré que estava deitado na beira do rio. Pensou que fosse o homem hup e tentou pegá-lo. Fugindo, o jacaré caiu na água, *tchibum*! O Way Naku, que já estava na água, foi atrás do jacaré. O homem-sombra colocou a mão na água para ver se encontrava o jacaré.

De repente, o jacaré deu uma mordida no braço do homem-sombra.

YɨT mah hàt yetníh. Yɨt mah hàt noh tu'uh, *tapuh*! Yɨt mah tɨhɨt yɨ' batịb' noh tu' won kädd'öböh. Yɨt mah hàtan tɨh d'ö' yɨ'ɨh, pëpë' d'ö' yɨ'ɨy.

Yɨt mah tɨhan tɨh k'äç d'ö' pög b'ayah, hàt b'ayah, tɨnɨh mumùy súm, batịb'anah.

E foi assim que o homem hup
conseguiu fugir e voltar para
casa.

Esse foi o primeiro homem hup
que soube cantar os *caapivaiá*,
os cantos das festas.

Tɨhɨp húpup ham
yɨ'ay mah kah, yë yɨ'ay mah.

Yup ĩh mah yup, yám
d'ö' hib'ahayah.

ELE ouviu o homem-sombra cantar, aprendeu bem e começou a ensinar para seus filhos, irmãos, cunhados. E até hoje todos cantam e dançam os *caapivaiá* que animam nossas festas.

Foi isso o que ouvi de meus avós.

BATɨ̧B’ tɨh yamawan wɨ’yö’ay mah, yup húp yamayah. Yup hɨd yam tëg n’ɨhayah. Húpd’äh hɨd yam tëgayah.

Ya’ap meh yɨ’ ãh wɨ’ɨh.

Um canto do homem-sombra

OUTRO galho de cucura
Outro galho de cucura
Eu jogo para baixo

Outro galho de cucura
Eu jogo para baixo
Colho o cacho de cucura
Eu jogo para baixo

Way Naku, yari nóóy mah
Marika, Way Naku

Way Naku

SÃ̦P nowot pɨ̦ g
Sã̦p nowot pɨ̦ g
Ãh d’äräh hitëh

Sã̦p nowot pɨ̦ g
Ãh d’äräh hitëh
Ö̇y d’ö’ yö’ pɨ̦ g
Ãh d’äräh hitëh

Way Naku, yari nóóy mah
Marika, Way Naku

Glossário

Caapivaiá Cantos alegres de festa.
Cucura Fruta da floresta amazônica que nasce em cachos como uma uvas. O nome científico é *Pouroma Cecropiaefolia.*
Cutia Animal mamífero e roedor, pequeno, que vive na floresta. O nome científico da cutia é *Dasyprocta Fuliginosa.*
Gente sombra A gente sombra, homens e mulheres sombra, são muito fortes e perigosos. Geralmente, causam doenças, podem matar e comer a carne e o espírito das pessoas humanas. Muitos deles são sábios e conhecem cantos, mitos e benzimentos. A cor de sombra, de onde vem seu nome, é a cor de uma das roupas que essas gentes usam para caçar e fazer mal às pessoas hup.
Homem sombra Ser parecido com as pessoas humanas, que vive na mata. Alguns, como Way Naku, vivem próximo a árvores frutíferas. Ele é muito forte, sábio e poderoso. Ver **Gente sombra**.
Terçado Facão grande muito utilizado pelos Hupd'äh para cortar galhos e árvores.
Umari Fruta da floresta amazônica de cor amarela e de sabor um pouco amargo, muito apreciada pelos Hupd'äh. Cresce numa árvore chamada umarizeiro, cujo o nome científico é *Poraqueira Sp.*

COLEÇÃO «HEDRA EDIÇÕES»

1. *A metamorfose*, Kafka
2. *O príncipe*, Maquiavel
3. *Jazz rural*, Mário de Andrade
4. *O chamado de Cthulhu*, H. P. Lovecraft
5. *Ludwig Feuerbach e o fim da filosofia clássica alemã*, Friederich Engels
6. *Hino a Afrodite e outros poemas*, Safo de Lesbos
7. *Præterita*, John Ruskin
8. *Manifesto comunista*, Marx e Engels
9. *Rashômon e outros contos*, Akutagawa
10. *Memórias do subsolo*, Dostoiévski
11. *Teogonia*, Hesíodo
12. *Trabalhos e dias*, Hesíodo
13. *O contador de histórias e outros textos*, Walter Benjamin
14. *Diário parisiense e outros escritos*, Walter Benjamin ⊠
15. *Don Juan*, Molière
16. *Contos indianos*, Mallarmé
17. *Triunfos*, Petrarca
18. *O retrato de Dorian Gray*, Wilde
19. *A história trágica do Doutor Fausto*, Marlowe
20. *Os sofrimentos do jovem Werther*, Goethe
21. *Dos novos sistemas na arte*, Maliévitch
22. *Metamorfoses*, Ovídio
23. *Micromegas e outros contos*, Voltaire
24. *O sobrinho de Rameau*, Diderot
25. *Carta sobre a tolerância*, Locke
26. *Discursos ímpios*, Sade
27. *Dao De Jing*, Lao Zi
28. *O fim do ciúme e outros contos*, Proust
29. *Pequenos poemas em prosa*, Baudelaire
30. *Fé e saber*, Hegel
31. *Joana d'Arc*, Michelet
32. *Livro dos mandamentos: 248 preceitos positivos*, Maimônides
33. *Eu acuso!*, Zola | *O processo do capitão Dreyfus*, Rui Barbosa
34. *Apologia de Galileu*, Campanella
35. *Sobre verdade e mentira*, Nietzsche
36. *Poemas*, Byron
37. *Sonetos*, Shakespeare
38. *A vida é sonho*, Calderón
39. *Sagas*, Strindberg
40. *O mundo ou tratado da luz*, Descartes
41. *Fábula de Polifemo e Galateia e outros poemas*, Góngora
42. *A vênus das peles*, Sacher-Masoch
43. *Escritos sobre arte*, Baudelaire
44. *Cântico dos cânticos*, [Salomão]
45. *Americanismo e fordismo*, Gramsci
46. *Balada dos enforcados e outros poemas*, Villon
47. *Sátiras, fábulas, aforismos e profecias*, Da Vinci
48. *O cego e outros contos*, D.H. Lawrence
49. *Imitação de Cristo*, Tomás de Kempis
50. *O casamento do Céu e do Inferno*, Blake
51. *Flossie, a Vênus de quinze anos*, [Swinburne]
52. *Teleny, ou o reverso da medalha*, [Wilde et al.]
53. *A filosofia na era trágica dos gregos*, Nietzsche
54. *No coração das trevas*, Conrad

55. *Viagem sentimental*, Sterne
56. *Arcana Cœlestia* e *Apocalipsis revelata*, Swedenborg
57. *Saga dos Volsungos*, Anônimo do séc. XIII
58. *Um anarquista e outros contos*, Conrad
59. *A monadologia e outros textos*, Leibniz
60. *Cultura estética e liberdade*, Schiller
61. *Poesia basca: das origens à Guerra Civil*
62. *Poesia catalã: das origens à Guerra Civil*
63. *Poesia espanhola: das origens à Guerra Civil*
64. *Poesia galega: das origens à Guerra Civil*
65. *O pequeno Zacarias, chamado Cinábrio*, E.T.A. Hoffmann
66. *Um gato indiscreto e outros contos*, Saki
67. *Viagem em volta do meu quarto*, Xavier de Maistre
68. *Hawthorne e seus musgos*, Melville
69. *Ode ao Vento Oeste e outros poemas*, Shelley
70. *Feitiço de amor e outros contos*, Ludwig Tieck
71. *O corno de si próprio e outros contos*, Sade
72. *Investigação sobre o entendimento humano*, Hume
73. *Sobre os sonhos e outros diálogos*, Borges | Osvaldo Ferrari
74. *Sobre a filosofia e outros diálogos*, Borges | Osvaldo Ferrari
75. *Sobre a amizade e outros diálogos*, Borges | Osvaldo Ferrari
76. *A voz dos botequins e outros poemas*, Verlaine
77. *Gente de Hemsö*, Strindberg
78. *Senhorita Júlia e outras peças*, Strindberg
79. *Correspondência*, Goethe | Schiller
80. *Poemas da cabana montanhesa*, Saigyō
81. *Autobiografia de uma pulga*, [Stanislas de Rhodes]
82. *A volta do parafuso*, Henry James
83. *Ode sobre a melancolia e outros poemas*, Keats
84. *Carmilla — A vampira de Karnstein*, Sheridan Le Fanu
85. *Pensamento político de Maquiavel*, Fichte
86. *Inferno*, Strindberg
87. *Contos clássicos de vampiro*, Byron, Stoker e outros
88. *O primeiro Hamlet*, Shakespeare
89. *Noites egípcias e outros contos*, Púchkin
90. *Jerusalém*, Blake
91. *As bacantes*, Eurípides
92. *Emília Galotti*, Lessing
93. *Viagem aos Estados Unidos*, Tocqueville
94. *Émile e Sophie ou os solitários*, Rousseau
95. *A fábrica de robôs*, Karel Tchápek
96. *Sobre a filosofia e seu método — Parerga e paralipomena (v. II, t. I)*, Schopenhauer
97. *O novo Epicuro: as delícias do sexo*, Edward Sellon
98. *Sobre a liberdade*, Mill
99. *A velha Izerguil e outros contos*, Górki
100. *Pequeno-burgueses*, Górki
101. *Primeiro livro dos Amores*, Ovídio
102. *Educação e sociologia*, Durkheim
103. *A nostálgica e outros contos*, Papadiamántis
104. *Lisístrata*, Aristófanes
105. *A cruzada das crianças/ Vidas imaginárias*, Marcel Schwob
106. *O livro de Monelle*, Marcel Schwob
107. *A última folha e outros contos*, O. Henry
108. *Romanceiro cigano*, Lorca
109. *Sobre o riso e a loucura*, [Hipócrates]
110. *Ernestine ou o nascimento do amor*, Stendhal
111. *Odisseia*, Homero

112. *O estranho caso do Dr. Jekyll e Mr. Hyde*, Stevenson
113. *Sobre a ética — Parerga e paralipomena (v. II, t. II)*, Schopenhauer
114. *Contos de amor, de loucura e de morte*, Horacio Quiroga
115. *A arte da guerra*, Maquiavel
116. *Elogio da loucura*, Erasmo de Rotterdam
117. *Oliver Twist*, Charles Dickens
118. *O ladrão honesto e outros contos*, Dostoiévski
119. *Sobre a utilidade e a desvantagem da histório para a vida*, Nietzsche
120. *Édipo Rei*, Sófocles
121. *Fedro*, Platão
122. *A conjuração de Catilina*, Salústio
123. *Escritos sobre literatura*, Sigmund Freud
124. *O destino do erudito*, Fichte
125. *Diários de Adão e Eva*, Mark Twain
126. *Diário de um escritor (1873)*, Dostoiévski
127. *Perversão: a forma erótica do ódio*, Stoller
128. *Explosao: romance da etnologia*, Hubert Fichte

COLEÇÃO «METABIBLIOTECA»

1. *O desertor*, Silva Alvarenga
2. *Tratado descritivo do Brasil em 1587*, Gabriel Soares de Sousa
3. *Teatro de êxtase*, Pessoa
4. *Oração aos moços*, Rui Barbosa
5. *A pele do lobo e outras peças*, Artur Azevedo
6. *Tratados da terra e gente do Brasil*, Fernão Cardim
7. *O Ateneu*, Raul Pompeia
8. *História da província Santa Cruz*, Gandavo
9. *Cartas a favor da escravidão*, Alencar
10. *Pai contra mãe e outros contos*, Machado de Assis
11. *Democracia*, Luiz Gama
12. *Liberdade*, Luiz Gama
13. *A escrava*, Maria Firmina dos Reis
14. *Contos e novelas*, Júlia Lopes de Almeida ⊠
15. *Iracema*, Alencar
16. *Auto da barca do Inferno*, Gil Vicente
17. *Poemas completos de Alberto Caeiro*, Pessoa
18. *A cidade e as serras*, Eça
19. *Mensagem*, Pessoa
20. *Utopia Brasil*, Darcy Ribeiro
21. *Bom Crioulo*, Adolfo Caminha
22. *Índice das coisas mais notáveis*, Vieira
23. *A carteira de meu tio*, Macedo
24. *Elixir do pajé — poemas de humor, sátira e escatologia*, Bernardo Guimarães
25. *Eu*, Augusto dos Anjos
26. *Farsa de Inês Pereira*, Gil Vicente
27. *O cortiço*, Aluísio Azevedo
28. *O que eu vi, o que nós veremos*, Santos-Dumont
29. *Poesia Vaginal*, Glauco Mattoso

COLEÇÃO «QUE HORAS SÃO?»

1. *Lulismo, carisma pop e cultura anticrítica*, Tales Ab'Sáber

2. *Crédito à morte*, Anselm Jappe
3. *Universidade, cidade e cidadania*, Franklin Leopoldo e Silva
4. *O quarto poder: uma outra história*, Paulo Henrique Amorim
5. *Dilma Rousseff e o ódio político*, Tales Ab'Sáber
6. *Descobrindo o Islã no Brasil*, Karla Lima
7. *Michel Temer e o fascismo comum*, Tales Ab'Sáber
8. *Lugar de negro, lugar de branco?*, Douglas Rodrigues Barros
9. *Machismo, racismo, capitalismo identitário*, Pablo Polese
10. *A linguagem fascista*, Carlos Piovezani & Emilio Gentile
11. *A sociedade de controle*, J. Souza; R. Avelino; S. Amadeu (orgs.)
12. *Ativismo digital hoje*, R. Segurado; C. Penteado; S. Amadeu (orgs.)
13. *Desinformação e democracia*, Rosemary Segurado
14. *Labirintos do fascismo, vol. 1*, João Bernardo
15. *Labirintos do fascismo, vol. 2*, João Bernardo
16. *Labirintos do fascismo, vol. 3*, João Bernardo
17. *Labirintos do fascismo, vol. 4*, João Bernardo
18. *Labirintos do fascismo, vol. 5*, João Bernardo
19. *Labirintos do fascismo, vol. 6*, João Bernardo

COLEÇÃO «MUNDO INDÍGENA»

1. *A árvore dos cantos*, Pajés Parahiteri
2. *O surgimento dos pássaros*, Pajés Parahiteri
3. *O surgimento da noite*, Pajés Parahiteri
4. *Os comedores de terra*, Pajés Parahiteri
5. *A terra uma só*, Timóteo Verá Tupã Popyguá
6. *Os cantos do homem-sombra*, Mário Pies & Ponciano Socot
7. *A mulher que virou tatu*, Eliane Camargo
8. *Crônicas de caça e criação*, Uirá Garcia
9. *Círculos de coca e fumaça*, Danilo Paiva Ramos
10. *Nas redes guarani*, Valéria Macedo & Dominique Tilkin Gallois
11. *Os Aruaques*, Max Schmidt
12. *Cantos dos animais primordiais*, Ava Ñomoandyja Atanásio Teixeira
13. *Não havia mais homens*, Luciana Storto

COLEÇÃO «NARRATIVAS DA ESCRAVIDÃO»

1. *Incidentes da vida de uma escrava*, Harriet Jacobs
2. *Nascidos na escravidão: depoimentos norte-americanos*, WPA
3. *Narrativa de William W. Brown, escravo fugitivo*, William Wells Brown

COLEÇÃO «ANARC»

1. *Sobre anarquismo, sexo e casamento*, Emma Goldman ⊠
2. *O indivíduo, a sociedade e o Estado, e outros ensaios*, Emma Goldman
3. *O princípio anarquista e outros ensaios*, Kropotkin
4. *Os sovietes traídos pelos bolcheviques*, Rocker
5. *Escritos revolucionários*, Malatesta
6. *O princípio do Estado e outros ensaios*, Bakunin
7. *História da anarquia (vol. 1)*, Max Nettlau
8. *História da anarquia (vol. 2)*, Max Nettlau

9. *Entre camponeses*, Malatesta
10. *Revolução e liberdade: cartas de 1845 a 1875*, Bakunin
11. *Anarquia pela educação*, Élisée Reclus

Adverte-se aos curiosos que se imprimiu este livro na gráfica Meta Brasil, na data de 2 de junho de 2022, em papel pólen soft, composto em tipologia Minion Pro e Formular, com diversos sofwares livres, dentre eles LuaLaTeXe git.
(v. 6bd4c8f)